DERNIERS MOMENS

DU

CHEVALIER BAYARD,

POËME.

DE L'IMPRIMERIE DE Mme Ve JEUNEHOMME,
RUE HAUTEFEUILLE, N° 20.

DERNIERS MOMENS

DU

CHEVALIER BAYARD,

POËME;

Par M. Jacques JUGE, Avocat.

Dulce et decorum est, pro patriâ mori.

PARIS,

CHEZ PLANCHER, RUE SERPENTE, N° 14;
Et DELAUNAY, LIBRAIRE, AU PALAIS-RÓYAL.

1815.

A SON EXCELLENCE

MONSEIGNEUR

LE COMTE CARNOT,

MINISTRE DE L'INTÉRIEUR.

MONSEIGNEUR,

Je n'aurais jamais osé me permettre de mettre votre nom à la tête de ce faible essai de ma Muse, sans doute trop peu digne de vous, si je n'avais trouvé dans les vertus du héros que je chante la plus parfaite ressemblance avec celles qui vous caractérisent.

Dans toutes les circonstances où vous vous êtes trouvé placé, vous avez été constamment le Bayard de la liberté contre toutés les attaques de la tyrannie et du despotisme.

Même amour pour votre pays, même fidélité à vos sermens, même courage et même sagesse aux champs de bataille et dans les remparts qui vous ont été confiés; même délicatesse, même générosité, même désintéressement que mon héros.

Si, près de mourir en combattant pour la France, un prince Bourbon portant les armes contre elle venait pour vous plaindre et vous offrir son tribut d'admiration, qu'il ne pourrait vous refuser, non plus qu'à Bayard; de même que ce chevalier plein d'honneur, vous ne lui feriez pas une réponse moins patriotique ni moins admirable que cellé qu'il fit lui-même.

Mon héros est mort pour sa patrie........; et

vous, après vous être exposé maintes fois au même sort, si vous respirez encore ce n'est que pour elle.

Monseigneur, vous pardonnerez au *chevalier sans peur et sans reproche*, auquel vous ressemblez si bien d'ailleurs, de n'avoir pas eu, comme vous, ce génie qui vous rend si supérieur dans la carrière politique, administrative et littéraire, aussi-bien que dans la carrière des armes. Sans doute qu'il portait en lui le germe de ce génie; mais les temps d'ignorance où parut ce grand homme ne permirent pas à ce germe précieux de se développer.

Monseigneur, si tous ces traits de ressemblance étaient flattés je n'oserais vous les présenter; ils seraient indignes de vous.

Je ne veux point encenser le pouvoir. Vous savez, Monseigneur, quelle était mon admiration pour vous pendant le temps de vos revers, et avant que vous fussiez placé au poste éminent

que votre génie et le héros qui gouverne la France
vous ont assigné.

Daignez, agréer, MONSEIGNEUR, les assurances
du profond respect et du dévouement avec lequel
je suis,

MONSEIGNEUR,

DE VOTRE EXCELLENCE,

Le très-humble
et très-obéissant serviteur,

JACQUES JUGE.

AVERTISSEMENT.

Ce poëme avait été composé pour le concours du premier prix de poésie française proposé par l'Institut pour l'année 1814. Je l'avais remis, et j'en avais retiré le reçu et pris le numéro ; mais comme, par son programme, l'Institut avait fixé à cent cinquante ou deux cents au plus le nombre de vers qui devait composer les *derniers momens de Bayard*, et que mon poëme en avait davantage, il n'a pas dû concourir.

J'ai lu le poëme de madame Dufresnoy.

Si ma composition avait concouru, et que j'eusse eu l'honneur d'être au nombre de nos juges, je supplie madame Dufresnoy de croire que je n'aurais pas été moins galant ni moins i ste que les juges illustres qui lui ont décerné le prix.

Le poëme de M. Soumet, qui l'a partagé, n'a pas paru encore. S'il avait été mis au jour, je me serais bien gardé de publier le mien, qui ne pourrait se montrer alors que d'une manière désavantageuse sous tous les rapports.

Mais comme il n'a été publié que le poëme de madame Dufresnoy, et que ma manière de traiter ce sujet est absolument différente, il pourra sembler piquant au public d'en faire le rapprochement, de les comparer et de remarquer la différence du genre et du ton qui existe dans ces deux poëmes sur le même sujet.

A la fin du poëme on trouvera beaucoup de notes que j'ai tirées de différens auteurs pour l'explication de tous les faits dont les détails pourront piquer la curiosité des lecteurs.

DERNIERS MOMENS

DE BAYARD.

O toi, du haut des cieux, qui veilles sur la France,
Tutélaire génie, accours! Par ta présence,
Viens élever ma voix à d'immortels accens :
Je veux chanter BAYARD, soutiens mes faibles chants;
De ses derniers momens retrace-moi l'histoire;
Dis comment ce héros, trahi par la Victoire,
Pieux autant que *brave*, et fidèle à son roi,
Tombant au champ d'honneur, vit la Mort sans effroi;
Comment il sut garder, à ce funèbre approche,
Le nom de CHEVALIER SANS PEUR ET SANS REPROCHE :
Ce titre glorieux, qu'il mérité,
Lui reste encor légué par la POSTÉRITÉ........
Cette fille du Temps, à l'œil sage et sévère,
Qui juge les mortels sans chercher à leur plaire;
Equitable, inflexible, et sans vaines terreurs,
Exempte d'intérêt, de faiblesse et d'erreurs ;
Qui détruit d'un regard ces fantômes de gloire
Qu'adore un conquérant sur son char de victoire;
Qui poursuit du méchant jusques au souvenir;
Sur les crimes voilés éclaire l'avenir,
Et flétrit les tyrans du sceau de l'infamie,
En vengeant des sujets la liberté ravie :

C'est dans le temple saint de cette déité
Que *Bayard* vit encore plein d'immortalité !

   Guidé par ton génie, ô ma patrie ! ô France !
Dans cet antique temple, en tremblant je m'avance ;
Et la divinité qu'on adore en ces lieux,
Sur un livre sacré porte mes faibles yeux.
Dans ce livre immortel, ce livre de mémoire,
Les vertus du héros ont gravé son histoire ;
Son amour de la gloire et d'un sexe enchanteur
Le font voir aux tournois (a) dans sa jeune valeur ;
Son courage intrépide, Agnadel et Padoue (b),
Vous l'ont montré vaillant comme aux champs de Fournoue.

   Nymphes du Garillan (c), c'est vous qui l'avez vu
Sur ce pont attaqué, par lui seul défendu,
Comme un nouveau Coclès, par de nouveaux miracles,
Offrir aux ennemis d'invincibles obstacles.
Vos flots, accoutumés à fuir en se jouant,
Ou, parfois amoureux, coulant plus lentement,
Pour prêter leur miroir à la jeune bergère
Qui venait s'exercer à l'art charmant de plaire,
A l'aspect du héros qui combat sur vos bords,
S'arrêtent étonnés de ses divins efforts ;
Et le sang des vaincus, sous son bras invincible
Va souiller le cristal de votre onde paisible.

   Dans ce livre immortel je vois écrit encor
La défaite et l'orgueil du fier Soto-Mayor (d).

   La *Générosité* d'une main libérale,
Dans Voghéra, dans Bresse (e), en grands traits le signale.

   Tendre et douce *Amitié*, chaste sœur des Amours,
Auprès du chevalier tu me fais voir Nemours ;
De ce prince accompli tu racontes l'histoire,
Et de Ravenne enfin la fatale victoire (f) ;

Tu redis de Bayard la touchante douleur,
Quand son auguste ami succombe au champ d'honneur.
Tel pour son cher Patrocle on vit jadis Achille
Exhaler des regrets, hélas ! trop inutiles.

OUBLIANT un moment ses sublimes vertus,
Plus loin paraît Bayard au temple de Vénus (g) :
Là ce grand cœur brûlant d'une flamme soudaine,
Va payer son tribut à la faiblesse humaine.
Dans ce temple, à ses vœux on offre une beauté
Que l'indigence immole à la Divinité.
La rose a moins d'éclat ; et d'Elmire les prières,
Les larmes de pudeur qui mouillent ses paupières,
Son nom qu'ont illustré d'estimables aïeux,
L'innocente vertu qui brille dans ses yeux,
Aussitôt de Bayard rappellent le courage,
Et de sa passion viennent calmer l'orage.
Vainement par l'amour son cœur est combattu ;
Il repousse un amour que proscrit la vertu,
Et par lui cette vierge est rendue à sa mère :
Il en était l'amant, il en sera le père.

ENTRAINÉ sur les pas du demi-dieu français,
Je brûlais d'achever le cours de ses hauts faits ;
Mais du Génie enfin la voix se fait entendre :
Arrête ! c'en est trop ; tu ne peux entreprendre
De voir de ce héros tous les faits étonnans ;
Tu ne m'as demandé que ses derniers momens.
Il dit ; et dans l'instant il me montre la page
Où de BAYARD mourant je contemple l'image.

LA sont écrits ces mots : En France un preux Valois
Au trône était assis sous le nom de François ;
Ce Roi qu'arma BAYARD pour la chevalerie (h),
Ce héros malheureux dans les champs de Pavie (i),

Non moins ambitieux que chevalier galant,
Brûlait de subjuguer l'Italien tremblant (*k*).
Bonivet (*l*) des Français commandait les cohortes,
Et de Milan rebelle il assiégeait les portes,
Quand au nom de Bayard, qui seul bat l'ennemi,
A ce nom formidable on a rendu Lodi (*m*).

   CEPENDANT l'Espagnol, en phalanges nombreuses
Que leur masse rendait encor plus orgueilleuses,
Avec moins de terreur voyait nos étendarts,
Et ne redoutait plus les caprices de Mars.

   PESCAIRE (*n*), ce guerrier que la Prudence guide,
Ennemi généreux, sage autant qu'intrépide,
Conduit des Espagnols les bataillons épais,
Et pour Charles cinquième il combat les Français;
Mais ses efforts sont vains (*o*) quand Bayard plus terrible
Oppose à ses efforts un courage invincible.
La Fortune inconstante en vain nous trahit tous.
Bayard est dans nos rangs, Bayard combat pour nous.
Cependant la déesse, et perfide et cruelle,
Frémit d'être impuissante alors qu'elle est rebelle;
Son orgueil, outragé par ce guerrier vainqueur,
Redouble ses transports, redouble sa fureur,
Et contre le héros cette aveugle ennemie,
Au cœur de l'amiral souffle une noire envie (*p*) :
Les conseils de Bayard ne sont plus écoutés.
Les Français à Rebec (*q*), imprudemment postés,
Sont repoussés soudain, et craignant leur défaite,
Loin de Biagras (*r*) même ont cherché leur retraite.
L'ennemi sur leurs pas précipite ses pas,
Les atteint, et pourtant ne les étonne pas.
Déjà sur plusieurs points les attaques formées,
D'une fureur égale engagent les armées.

Illustre Vandenesse (*s*), intrépide guerrier,
Sous les coups ennemis vous tombez le premier.
Et vous, chef des Français, votre rare vaillance
Mérite qu'on pardonne à votre imprévoyance ;
Vous succombez (*t*) aussi ! Du moins daignez songer
A qui doit nous défendre et saura vous venger :
C'est Bayard malgré vous que votre voix appelle (*u*) ;
Il est digne lui seul d'une tâche si belle ;
Il ne se souvient plus de votre orgueil jaloux.
« Je vous jure, dit-il, de tomber comme vous,
» Avant que nos drapeaux perdus par ma défaite,
» Du superbe Espagnol deviennent la conquête ! »
A peine il a fini que son coursier fougueux,
Tout fier de son fardeau gonfle ses flancs poudreux,
Et contre l'ennemi, sous la main qui le guide,
Emporte le héros dans sa course rapide.

Pour notre gloire, ô ciel ! si vous veillez toujours,
Bayard ne touche point au dernier de ses jours.
Oracle de Carpi (*v*), peu fécond en miracles,
Soyez donc imposteur comme tous les oracles.
Quoi ! demain, d'après vous, il ne serait donc plus,
L'homme riche d'honneur et riche de vertus !
O ! des plus grands héros, mère aimable et chérie,
Viens protéger ton fils, Amour de la patrie !
S'il tient à l'existence, il n'y tient que pour toi,
Pour le dieu qu'il adore et pour servir son roi.

Cependant l'ennemi, qui s'embusque au passage,
Et dont l'espoir de vaincre enflamme le courage,
Flatté par la Fortune et protégé de Mars,
Veut de nos fiers guerriers ravir les étendarts ;
Mais Bayard les défend de son bras redoutable ;
Il est présent partout, et partout formidable :

Au cœur des Espagnols imprime la terreur,
Les combat, les terrasse, et revient en vainqueur.
Son front est calme alors : tel un ciel sans nuage
A nos yeux enchantés se montre après l'orage.
Le jeune Vaudemont (*x*) imitait le héros,
Et cherchant les périls loin d'un lâche repos,
Tout éclatant de gloire, en sa vaillante aurore,
A côté de Bayard se signalait encore.

   La *Fortune* pourtant, lasse d'agir en vain,
Forme contre Bayard le plus lâche dessein ;
Elle part : elle va, furieuse et confuse,
Diriger d'un soldat la perfide *arquebuse* (*y*),
Et du tube enflammé déjà le trait mortel
Fait pousser au héros un cri vers l'Eternel (*z*) ;
Ses yeux pieusement fixés sur son épée,
Avec respect, sa bouche en baise la *croisée* (*aa*) ;
C'est-là du dieu qu'il sert le signe révéré,
Salutaire aux humains et partout adoré.

   On court près de Bayard, il pâlit, il chancelle :
Tu parais le premier, toi son ami fidèle,
D'Alègre ; en vain tu veux l'arracher (*bb*) aux combats,
Pour du moins, par tes soins, retarder son trépas.
« Non, non, je meurs, dit-il, et je n'ai nulle envie
» Que mon dernier moment soit le seul de ma vie
» Où l'on m'aurait vu fuir....... Allez, braves amis,
» Volez et combattez, voilà les ennemis. »
En achevant ces mots pleins d'une ardeur guerrière,
Le héros, tout couvert de sang et de poussière,
Se soutenant à peine assis sur son coursier,
Est déposé mourant au pied d'un olivier.
« Ah ! tournez-moi, dit-il, afin que de ma place (*cc*)
» Je regarde du moins les ennemis en face. »

On vient le contempler; là, malgré ses douleurs,
Lui seul calme et serein ne répand point de pleurs;
Et de sa perte alors plus chacun se désole,
Et plus par ses discours lui-même les console.

   « Assez long-temps déjà le dieu de l'univers
» M'a comblé, dit Bayard, de ses bienfaits divers,
» Et s'il m'appelle à lui dans ce moment extrême,
» Sans murmure adorons sa volonté suprême. »
Il finit; et portant ses regards vers le ciel,
Craint d'être encor impur aux yeux de l'Eternel,
D'un lévite invoquant l'auguste ministère,
Il veut en vrai chrétien terminer sa carrière.
Un noble serviteur pour calmer le héros,
Lui tient lieu d'un saint prêtre et l'invite au repos.

   Cependant chaque instant ajoute à la tristesse
De cette foule en pleurs qui près de lui s'empresse.
Les ennemis déjà s'avancent vers ces lieux.
Comment abandonner ce dépôt précieux.....?
Et comment l'enlever sans doubler la torture
Des douleurs qu'il ressent (dd) de sa large blessure?
   « Eloignez-vous, dit-il, et cessez de gémir;
» Tous vos soins ne sauraient m'empêcher de mourir.
» Allez, laissez-moi seul scruter ma conscience:
» Votre captivité doublerait ma souffrance;
» Et vous, mon cher d'Alègre, adieu; dites au roi
» Que lorsque du trépas je vais subir la loi,
» S'il me reste un regret en sortant de la vie,
» C'est de ne pouvoir plus mourir pour ma patrie. »
Tous les cœurs sont brisés en entendant ces mots
Dictés par ses vertus à ce vaillant héros.
La douleur des Français, leur regret vif et tendre
Jusqu'aux rangs ennemis alors se font entendre;

Et contre son penchant, par un cruel devoir,
Chacun quitte Bayard pour ne plus le revoir!
    Aussitôt curieux et plein d'impatience,
L'ennemi vole, admire, et près de lui s'avance.
Pescaire arrive ému, les yeux baignés de pleurs,
En prononçant ces mots qui touchent tous les cœurs :
« Illustre chevalier! héros incomparable!
» Hélas! pourquoi faut-il qu'un destin implacable,
» Quand vous m'êtes livré par le sort des combats,
» Soit prêt à vous voiler des ombres du trépas!
» Que ne puis-je à l'instant, au gré de mon envie,
» Même au prix de mon sang vous conserver la vie!
» Vous le verriez couler, vous ne douteriez plus
» Combien j'ai su toujours estimer vos vertus. »
Après ces mots, Bayard, objet de sa tristesse,
Reçoit de lui les soins (ee) qu'inspire la tendresse.
Combien à la Vertu tout doit être soumis,
Puisqu'elle a tant de droits sur des cœurs ennemis!
    Tout à coup au milieu de la foule empressée,
Bourbon (ff), ce nom auguste étonne la pensée!
Pour qui servez-vous, prince? Ah! qu'un moment d'erreur
Exerce de pouvoir même sur un grand cœur!
Bourbon vient à Bayard rendre ainsi son hommage :
« Vous de tous les héros le plus grand, le plus sage,
« Croyez à mes regrets ainsi qu'à la pitié
» Qu'inspirent vos douleurs à ma tendre amitié. »
Bayard, qui ne voit plus qu'un reste de lumière,
Sent renaître à ces mots sa force toute entière :
— » Je ne suis point à plaindre en mourant pour mon roi;
» Mais vous de vos sermens qui violez la foi;
» C'est vous seul, dit Bayard, vous rebelle à la France,
» Dont il faut plaindre, hélas! la coupable inconstance. »

En achevant ces mots, ce guerrier voit la mort,
Qui d'un rapide vol vient terminer son sort,
Et son âme pieuse au bout de sa carrière
S'exhale en finissant une sainte prière.
C'en est fait ; il n'est plus ce héros des guerriers :
O siècles ! respectez son nom et ses lauriers.

NOTES.

Ces notes sont tirées de l'*Histoire de Bayard*, de Guyard de Berville, du *Dictionnaire historique*, de l'*Histoire des Chevaliers chrétiens*, des Mémoires de Brantôme, de Mézerai et Velly.

(*a*) On peut voir dans l'histoire de Bayard le tournois donné à Lyon par le seigneur de Vaudrey, où Bayard, à l'âge de dix-sept ans, combattit et obtint le prix. On peut voir de même le tournois d'Aire, en Picardie, qu'il donna par galanterie aux dames de la ville. Il y combattit lui-même, remporta les prix, et eut la générosité de les partager entre les combattans.

(*b*) Fornoue, Agnadel et Padoue, sont trois endroits où Bayard s'est également signalé par des traits qui tiennent du prodige. A la bataille de Fornoue, gagnée par Charles VIII, Bayard prit une enseigne de cinquante hommes d'armes, et la présenta au roi, qui l'en récompensa. Il fut cause du gain de la bataille d'Agnadel, et fit les choses les plus étonnantes au siége de Padoue.

(*c*) Le Garillan est une rivière d'Italie. Les Français et les Espagnols étaient campés sur les deux bords. Ces derniers, au nombre de deux cents, voulant tenter le passage d'un pont qui était construit sur cette rivière pour surprendre les Français, Bayard se trouva seul pour le défendre, et les ennemis furent arrêtés par lui jusqu'à l'arrivée d'un secours suffisant pour les repousser.

(*d*) Don Alonzo de Soto-Mayor, brave et expérimenté capitaine, fut tué en duel par Bayard.

(*e*) Voghera et Bresse, deux villes du duché de Milan. C'est dans la première que le comte de Ligny, qui commandait les Français, recevant un présent de trois cents marcs de vaisselle d'argent de la part des députés des villes d'Italie qui s'étaient

révoltées, les donna au chevalier, en lui disant : « Piquet, prenez
» toute cette vaisselle, je vous la donne pour votre cuisine.
» Et moi je vous en remercie, répondit Bayard : à Dieu ne plaise
» que ce qui vient de traîtres et de si mauvais sujets entre chez
» moi, cela me porterait malheur. » Cela dit, il prit la vaisselle
pièce à pièce, et la distribua à ceux qui se trouvèrent là, sans
en rien réserver pour lui. Tout le monde resta dans l'étonnement
d'une action si noble et si généreuse, surtout de la part d'un
homme qui n'était pas riche.

C'est à Brescia ou Bresse que le chevalier donna mille ducats à
chacune des demoiselles de la maison où il avait été logé et soigné
de sa blessure, et il en déposa cinq cents autres entre les mains
de la mère pour être distribués aux pauvres. Ces deux mille cinq
cents ducats lui avaient été offerts par cette dame elle-même,
en reconnaissance de ce qu'il avait préservé sa maison du pillage ;
mais il ne les avait acceptés qu'aux conditions d'en faire l'usage
que nous avons vu.

(ƒ) C'est à la bataille de Ravenne que mourut le duc de
Nemours. Bayard, dans une lettre, disait en parlant de ce prince :
« Les soldats peuvent bien dire qu'ils ont perdu leur père. Quant
» à moi, monsieur, je ne peux plus vivre qu'en mélancolie, car
» j'ai tant perdu que je ne le saurais écrire. »

(g) Le chevalier se trouvant à Grenoble, où il venait de faire
une longue maladie, mais de laquelle il était parfaitement ré-
tabli, éprouva quelques désirs d'avoir une aventure galante. Un
jour il s'adressa à son valet de chambre, et le chargea de lui
trouver une jeune et jolie fille. « Il me semble, disait-il, que je
» me porte bien, et que je m'en porterai encore mieux. »

Le domestique chercha si bien, qu'il trouva une jeune personne
extrêmement belle, dont la mère, veuve d'un gentilhomme, était
dans l'indigence. Cette femme eut bien de la peine à se rendre,
et encore plus à déterminer sa fille, qui enfin, rendue moins de
gré que de force, fut livrée, conduite secrètement chez Bayard,
et enfermée dans un cabinet en attendant le retour du chevalier.
Bayard arrive, la voit et la trouve charmante, mais ses yeux
étaient mouillés de larmes qu'elle ne cessait de verser. « Qu'avez-

» vous, la belle enfant? lui dit-il; est-ce pour pleurer que vous
» êtes venue ici? Hélas! non, monseigneur, répondit-elle en
» se jetant à ses genoux, je ne sais que trop que ma mère m'a
» livrée à vous; cependant je vous assure que je suis vierge, et
» que je n'aurais jamais fait de faute si je n'avais été contrainte
» comme je le suis. Plût à Dieu que je fusse morte avec honneur
» avant que de me voir entre vos mains; mais ma mère ne m'y
» a forcé que par misère, car nous mourons de faim. » Bayard
attendri lui dit : « En vérité, ma chère demoiselle, je me gar-
» derai bien de combattre les beaux sentimens où je vous vois.
» J'ai toujours respecté la vertu, et je la respecte surtout dans
» la noblesse; rassurez-vous, et venez dans une maison où votre
» honneur sera en sûreté. » Cela dit, il fit prendre un flambeau
à son valet, et conduisit lui-même la jeune fille chez une dame
de ses parentes logée près de lui.

Le lendemain matin il envoya chercher la mère, à qui il fit
les plus vifs reproches, donna une dot à la fille; il la maria, et
fit un bien-être à la mère pour le reste de ses jours.

(h) François 1er tint à honneur de se faire armer chevalier
par Bayard.

(i) C'est à la bataille de Pavie que François 1er fut fait pri-
sonnier par Charles-Quint.

(k) Il voulait faire la conquête du duché de Milan, sur lequel
François 1er prétendait avoir des droits, ainsi que ses prédéces-
seurs Louis XII et Charles VIII.

(l) Bonivet, amiral de France, commandait en chef l'armée
française.

(m) Bonivet alla assiéger Milan pendant que Bayard se diri-
gea sur Lodi. Au bruit de son seul nom les ennemis abandon-
nèrent cette ville.

(n) Don Ferdinand-François d'Avallos, marquis de Pescaire,
était général en chef de l'armée des Espagnols.

(o) Bayard ne laissa rien à la Fortune de ce qui peut être prévu
par la prudence ou exécuté par le courage.

(*p*) L'amiral parut jaloux du chevalier.

(*q*) C'est par une suite de cette jalousie que Bonivet posta Bayard à Rebec avec très-peu de monde, et d'où ce dernier sortit avec beaucoup de peine.

(*r*) Biagras est l'endroit où était notre quartier général.

(*s*) Vandenesse, brave militaire, blessé mortellement, mourut un des premiers dans cette retraite, et fut regretté de toute l'armée.

(*t*) Bonivet reçut une blessure dont il mourut. Bayard et lui soutenaient seuls, sur les derrières de l'armée, tout l'effort des ennemis, et faisaient des prodiges de valeur l'un et l'autre.

(*u*) Il confia à Bayard le commandement de l'armée.

(*v*) Carpi, petite ville du duché de Milan, où un astrologue ou devin prédit à Bayard, en 1512, qu'il n'avait que douze ans à vivre, et qu'il mourrait d'un coup d'artillerie. Tout cela se vérifia exactement. *Tu seras riche d'honneur et de vertus*, ajouta le devin ; c'est à cause de cela que j'ai conservé ces mêmes paroles dans mes vers.

(*x*) Prince de Vaudemont, Louis de Lorraine, second fils du duc René. Il avait deux frères ; l'aîné était Antoine de Lorraine, et son cadet Claude, duc de Guise. Le jeune Vaudemont allait à la charge à côté de Bayard, comme un homme consommé dans le métier des armes.

(*y*) Bayard disait que l'arquebuse était l'arme d'un lâche, et qu'il redoutait beaucoup cette arme, parce que la bravoure ni la vaillance ne pouvaient pas en garantir, puisque c'est le hasard qui dirige ses coups.

(*z*) Bayard, en recevant le coup mortel, fit ce cri : *Ah ! mon Dieu ! je suis mort !*

(*aa*) *Croisée.* J'ai cru pouvoir me servir de ce mot, dont se sert l'historien de Bayard lui-même, pour signifier sur la croix que forme l'épée à l'endroit de la poignée.

(*bb*) Au moment où il vient de recevoir sa blessure, ses amis accourent, et d'Alègre surtout, qui veut le retirer de la mêlée; mais Bayard s'y refuse. *C'est fait de moi*, dit-il, *je suis mort, et ne veux pas dans mes derniers momens tourner le dos à l'ennemi pour la première fois de ma vie.*

(*cc*) Ce sont les propres paroles qu'il prononça.

(*dd*) Il recommanda qu'on le laissât à la place où il était, parce qu'il ne pouvait se remuer sans ressentir les douleurs les plus insupportables. Il avait l'épine du dos rompue par un coup d'arquebuse à croc.

(*ee*) Le marquis de Pescaire lui fit apporter son propre pavillon avec son lit, le fit tendre autour du mourant, et lui-même aida à l'y coucher, en lui baisant la main. — Il lui donna une garde, etc.

(*ff*) Bourbon le connétable était passé du côté des Impériaux, et se battait contre les Français pour quelque mécontentement de cour (voir les *Mémoires de Brantôme*). Ce connétable, qui se trouvait alors dans l'armée de l'empereur, vint comme les autres contempler le héros, et lui dit : « Ah! capitaine Bayard, que je » suis marri et déplaisant de vous voir en cet état! je vous ai » toujours aimé et honoré pour la prouesse et sagesse qui est en » vous. Ah! que j'ai grande pitié de vous! »

Bayard rappela ses forces et répondit : « Monseigneur, je vous » remercie; il n'y a point de pitié en moi qui meurs en homme de » bien, servant ma patrie et mon roi; il faut avoir pitié de vous, » qui portez les armes contre votre patrie, votre prince et votre » serment. »

www.ingramcontent.com/pod-product-compliance
Lightning Source LLC
Chambersburg PA
CBHW061630180626
46818CB00005B/2309